ESSAI

DE POÉSIE

par

Paul ARGANT.

BORDEAUX,

IMPRIMERIE MÉTREAU ET COMPAGNIE,

Rue du Parlement-Ste-Catherine, 19.

1856.

A MA MUSE.

Fïle, ô barque légère, sur les flots d'un vain monde ;
Je reste sur la rive, d'où tu prends ton essor ;
J'attends l'ombre muette, garde l'espoir encor.
O muse éveille-toi à la lueur féconde !

Le ciel semble briller d'une étoile nouvelle :
Vénus m'offre son charme. Le zéphir caressant
Provoque mon silence en son isolement,
Pour jaillir de ma plume la première étincelle.

Sous l'ombrage fleuri où s'endort le poète,
Faut-il, comme l'abeille à l'aube ravisseur,
M'inspirer et me paître de la plus faible fleur,
Ou invoquer de Dieu la puissance céleste ?

Qui que tu sois enfin, fille ou sœur d'Apollon ,
Toi qui veux qu'au hasard ma mystique pensée ,
En vers d'un jet naissant trace ma destinée ,
Est-ce toi qui m'apporte un charme d'Aquillon ?

Est-il plus doux présage, ô muse, en vérité ,
Qu'Eole répendant, de sa pudique flamme ,
Les sons mélodieux, élévation d'âme ,
Langage des élus à la divinité ?...

Longtemps j'ai hésité , en ta route mondaine ,
De suivre des esprits les vallons périlleux.
Mon âme en sa faiblesse semblait craindre les cieux ;
Mais ton luth est si doux qu'il séduit et entraîne.

J'ai saisi, douce Aurore, de mes avides mains ,
La coupe d'ambroisie où le rêve commence ;
Ma lyre a du cahos surpris ton vol immense ,
Et s'abat sur la rive au milieu des humains.

Oh ! puisses-tu ma barque, aux rives du Permesse ,
Aborder sans naufrage et résister au sort
Qne la vague présente à l'un et l'autre bord ,
Au gouffre de l'oubli d'où le lecteur se dresse !

Ecoute cet écho dont Parnasse sourit :
C'est un Dieu qui m'appelle. O muse qui m'enivre ,
Puisqu'il est vrai, hélas ! que je commence à vivre ,
Je fends l'onde et le flot , à tes pieds me voici.

Ordonne ; que veux-tu ? Grand et plein de louanges,
Faut-il chanter les rois ou la divinité,
La brise qui folâtre du printemps à l'été,
Ou de l'aube d'azur les célestes phalanges ?

Ordonne, beauté simple, objet de mon envie ;
Toi, source plus féconde que la source des monts,
Fais couler sous ma plume tes cratères profonds,
Et dis—moi, ô poète : je suis la poésie !

Novembre 1855.

A MON AMI

ACHILLE SUÉRUS,

SUR MA CRAINTE DE NE PAS RÉUSSIR.

———⋘ ⋙———

J'ai voulu maintes fois, cher ami, je te jure,
Détruire ce vain style que l'Hélicon m'inspire.
Embrasé de son feu, je me nommai parjure,
Quand la nuit des pensers vint hâter le délire,
Et, comme cette abeille qui recherche les fleurs
Pour amoindrir le suc qu'y laisse la rosée,
Je rêve plus encor tout en versant mes pleurs.
La brise est si tranquille que ma verve est domptée.
Qu'il est doux de penser, ô nuit pleine d'ivresse,
Loin de ce bruit confus, vague fausse du monde,
Où seul en mon réduit ma tête se redresse.

Quand j'aperçois ma muse se dessiner sur l'onde,
Ma main s'anime alors et ma plume allégée
Fend la brise nocturne, s'en va loin de la terre,
Dépose sur l'Olympe une coupe à Hébé,
Et revient dans l'histoire dévoiler le mystère.
Oui c'est là, cher Achille, cet instant où ma vie
Se voit à l'apogée d'une gloire future. .
Les ris, peut-être amers, à leurs joies me convie.
Je vis, hélas! sans vivre, près d'une route obscure,
Je crains ce précipice. O pensée, laisse moi,
L'abime est si profond, que sous tes pas je tremble.
Pourtant, ma muse est là, je reconnais sa voix;
Eh bien! s'il faut périr, nous périrons ensemble.
Ami, voilà ce trouble qui souffle dans mon âme,
Comme un vent déchaîné à travers la tempête;
Je n'ai pu de sa verve anéantir la flamme,
Ni l'accent éroné que la nuit nous apprête.
Mais, adieu, elle fuit, car l'aube se colore,
Morphée me tient déjà, et ma pensée s'effeuille,
A toi son doux parfum, à toi avant l'aurore,
De mon luth en débris, souviens toi d'une feuille!

C'EST UN RÊVE

AU NOUVEL AN.

—‹‹‹ ›››—

.... O nuit !
Dans quel songe importun m'as-tu donc introduit ?
Est-ce un rêve mystique dont le règne commence
Et cherche de l'abîme la profondeur immense ?
Hier, j'étais enfant. Te croirai-je, ô réveil !
Le soleil brille-t-il ou suis-je en mon sommeil ?
Nature, as-tu changé ta course vagabonde ?
Changes-tu ton allure ou changes· tu le monde ?
Est-ce Dieu qu'il faut croire maître de ce retour,
Ou mon rêve s'achève avant l'aube du jour ?
L'oiseau n'a pourtant pas, de ses humides ailes,
Entonné dans l'espace une chanson nouvelle !
Le Nautonier n'a pas repris dessus les eaux
Son voyage incertain à la merci des flots.

La terre attend encore l'innocente rosée,
Pour paraître au zéphir plus belle et plus parée.
Je ne sens pas non plus ton souffle à toi, Zéphir,
De ton charme passé j'ai pourtant souvenir :
Tout s'opère et se suit , tout m'étonne et me passe.
Est-ce un déluge, ô muse ! dis-moi, ce qui se passe ?
....

Qu'entends-je ? quel fracas qui tinte douze coups !
Quel son retentissant me trouble tout à coup ?
Minuit ! oh ! pas encore , le dernier coup se tinte.
Quoi ! vieillard , tu t'envoles sans pâlir de ma crainte ,
Et tu me laisses seul , abattu , décharné ,
Dans un jour dont j'ignore le charme et la clarté ?
O songe disparais , et dis-moi , douce Aurore ,
Ce qu'a ravi le temps qui me dévore encore.
Ai-je pris du vieillard les longs cheveux blanchis ,
O transport qui m'agite , ô rêve qui m'aigris ?
Non, rien n'a disparu, et la nature éprise ,
A son vol surhumain semble toujours soumise.
Fuis ! ô songe affreux, ou reste confondu,
Car il n'est rien éclos qu'un nouvel an de plus.

LE RUISSEAU.

A M. W...

—‹‹‹ ›››—

Je veux rêver pour toi, le chant que l'onde inspire,
Ravir au gai ruisseau le charme d'un instant ;
De la brise sur l'eau, suivre le souffle errant,
Et réfléchir ensemble et ma muse et sa lyre.

Tranquille et mesuré, dans son étroit parcours,
Comme est un Ciel d'azur dégagé de nuages,
Il roule ses cailloux sans flotter son rivage,
Et garde sa beauté argentine toujours.

Vois, de l'Être suprême refléter la puissance,
Tout ne te dit-il pas, qu'en ses vastes traveaux,
Il a mis le mystère et le charme au ruisseau,
De la source à son cours la divine élégance.

Le vois-tu qu'il se penche, ce tout petit oiseau,
Quittant ainsi du bois son modeste bocage ?
Il vient mirer son ombre et mouiller son plumage
A la fraîcheur limpide, à l'onde du ruisseau.

Ce pâtre qui là-bas, armé de sa houlette,
Veille d'un regard lent sur son nombreux troupeau,
Il rêve, tiens, vois-le : le murmure de l'eau
D'un charme l'assoupit et fait baisser sa tête.

Quelle ligne argentée tu possèdes forêt,
Simple miroir des astres du ciel et de l'espace,
Réseau dont l'esprit saint a su marquer la trace,
Lit pur où le zéphir se repose et se plaît.

La nature se soumet et enlace à ton trône,
Dans un printemps nouveau, le gazon ondoyé
Qui borde ton rivage où gaîment la beauté,
Sous les yeux d'Apollon, se tresse une couronne.

O doux ami, que n'ai-je pour t'adresser mes vers,
Loisir de les rêver à tes rives charmantes,
Les muses près de toi seraient moins inconstantes,
Moi-même, rajeuni, je serais moins pervers.

Coule limpide et pur, malgré que je te quitte,
Frais ruisseau, loin de moi ; ô garde ton trésor,
Sous la brise qui passe, oui, coule, coule encor,
Pourvu que je retrouve la rive qui t'abrite.

ÉPITRE

A MA MÈRE,

———⋘⋙———

Toi, qu'un malheureux sort a longtemps éprouvée,
Mère, je veux enfin t'adresser ma pensée :
Je sais combien de fois on troubla ton repos,
Et n'ignore pas plus tes chagrins et tes maux.
C'est à moi de fermer ta blessure soudaine,
Et d'augmenter ta joie en guérissant ta peine.
Ces longs égarements et ces folles erreurs
Ne sont pas sans mépris, dignes des plus grands cœurs,
Et chaque nouveau pas que je fais dans la vie,
Me prouve ce précepte : Qui n'a pas sa folie !...

Si tu consens , enfin , que ma muse en ses vers
Dépouille du passé les scrupuleux travers
Qu'en charme alors divin , mon âme satisfaite ,
J'avouerais avec joie sa nouvelle défaite ,
Combien j'accuserai mon regard éperdu ,
De n'avoir pas plus tôt proclamé ta vertu.
Combien je te dirai mon incrédule flamme
A longtemps méconnu la grandeur de ton âme ,
Et mon cœur dans le vide, jusqu'alors incertain,
S'embrase et se confond dans les charmes du tien.
N'est-ce pas toi , ô mère ! en des moments funestes,
Du navire échoué qui releva les restes ?
Livré dans les décombres à la fureur des eaux ,
Tu secourus mon père et adoucis ses maux.
Et à moi, pauvre enfant, au milieu du naufrage ,
Pour branche de soutien tu m'offris ton courage.
Mais pourquoi t'attrister et rappeler tes pleurs ?
Tu fis plus que mes vers pour chasser les douleurs.
Le destin t'a choisi une besogne rude,
Et rien n'a pu t'aigrir en molle inquiétude !
Quand des voix incessantes voulaient à chaque pas,
Me prouver que tu es ce que tu n'étais pas.
Mon cœur souffrit , crois-le , et mon âme saisie ,
Balançait, sans pouvoir, et te portais en vie.
Mais la pensée si jeune qui s'émule à pas lents ,
Prend plus tard la vitesse et la fureur des vents ;
Parmi tant de transports sait se faire un passage,
Égale son soupir à celui de l'orage.
Le schisme de l'erreur, devant l'austérité ,
Reconnaît la vertu après l'avoir blâmé.

Et Dieu qui te plaça, parmi tant de disgrâces,
De ces tristes instants sut détruire les traces ;
O mère ! dont le cœur eut à faire deux parts,
Confonds de ces mépris l'insultant étendard,
Entends avec bonheur, un fils qui se déchaîne
Contre le souvenir que la douleur entraîne,
Reçois avec l'orgueil de la divinité ·
Le charme de tes soins, et la félicité,
Et l'amour de ton fils publiant à la terre
Qu'il n'est point de vertus sans celles d'une mère.

Décembre 1855.

SOUVENIR D'UNE FLEUR.

A CÉLINE BOURGAIN.

Toi qu'un printemps si doux a fait naître et éclore,
Toi qui reçois sans bruit le baiser de l'aurore,
Toi qui souris charmée à cet ami soleil,
Toi qui viens sur la terre pour t'exhaler au ciel,
Garde-moi, je t'en prie, la brise parfumée
Qui vient sécher ton sein de l'humide rosée.
Plutôt que de t'ouvrir au souffle d'Aquilon,
Laisse-moi de plaisir voir ta tige en bouton.

Si tu vivais, ô fleur ! la durée de ma vie,
Si tu restais si belle que la tendre Phélie,
Je te dirais ô fleur ! ô charme des vertus !
Malgré que sous Phébus tes traits sont confondus,
Je te dirais, ô fleur ! éotique et poète,
Ne fuis pas, ô printemps ! rêve que j'aime !... reste.
Je cherche dans ton charme l'oubli de mes douleurs,
Ta pudique rosée pour remplacer mes pleurs.
Hélas ! à ton matin quelle main suicide
En goûtant tes traits, t'offre un destin perfide !
Le soleil en sa force a terni ta beauté,
L'abeille s'en désole, et le printemps outré
Semble redire à l'astre qui colore le jour
Rends—moi du moins son charme si tu gardes l'amour !
Reste ! En ton parfum que ma muse s'oublie,
Il est trop tard, hélas ! l'infâme t'a flétrie !
Moi qui voulais t'offrir, ô modeste bouquet,
J'ai hâté ton destin et fané tes attraits.
Tu n'es plus et je reste, seul avec ma pensée,
Où l'aurore nouvelle verra sa fleur fanée.
Non, tu n'es plus, hélas ! la terre est au repos,
Et le temps à ma voix répète cet échos.
....

O fleur à peine éclose, déjà l'on te moissonne,
Et tu ne seras plus qu'au mois de la madone !

SIMPLE DICTION.

A MON FRÈRE G...

Dieu a tracé au monde la voie qu'il devait suivre,
Lui tira de son âme, une âme prête à vivre.
Un cœur pour ressentir les vertus qu'il éprit
Le don de la pensée d'où jaillit son esprit;
Il le créa mortel, ce monde, son ouvrage.
Lui donna, non les cieux, mais la terre en partage,
Lui laissa, du regard, toute l'immensité
Pour admirer son œuvre et sa divinité !
Là, ne se borna pas la céleste carrière,
Où ces divines mains devaient peupler la terre;

2

Il devait au mortel donner l'affection
Pour amour la famille, sa foi pour passion,
Une joie pour se plaire en sa courte existence,
Un père pour guider le fils en son enfance,
Le fils a la vieillesse pour lui fermer les yeux
Et adoucir la route de cette terre aux cieux !
Arrêtons-nous un peu à cette sainte image
D'un père à son chevet bénissant son ouvrage,
D'un fils agenouillé étouffant ses douleurs
Jusqu'à l'heure arrivée pour écouler ses pleurs.
Il sourit, ce bon père, quoique la destinée
Lui répète : vieillard, ton heure est arrivée,
Dieu t'appelle, obéis... Et revoyant son fils,
Malgré l'affreuse mort, ce bon père sourit.
Tu me l'as confié, mon Dieu, je l'abandonne,
En te rendant cette âme qu'à chacun tu nous donne.
Approche-toi, mon fils, je vais bientôt mourir,
J'emporte le bonheur, amour et souvenir,
Je te laisse sur terre le plaisir de la vie,
Je te laisse, regrets auxquels je porte envie,
Ma mémoire à chérir, mon Dieu à adorer !
Ta mère déjà faible, mon fils, sache l'aider.
Souviens-toi que jadis l'ange de ta jeunesse
Te berçait quand moi-même je t'embrassais sans cesse.
Le froid déjà me glace, vas, ô mon fils, adieu !
La terre ouvre ses bras pour m'arracher aux cieux.
Reçois de ton vieux père, à son heure dernière,
Le souffle agonisant où pâlit ma lumière.
Je te bénis, mon fils, toi ma vie, mon trésor !
Je te bénis l'attends, ô trop livide mort,

Viens que je te revoie, et que ma vie contente
Aille chercher en Dieu le repos qui la tente.
Quoi ! la douleur t'opresse ? ô calme–toi, souris.
Je ne sourirai plus, hélas ! mon fils ! mon fils !
Le soupir s'éteignit, car la mort en silence
Venait jusqu'au chevet·de marquer sa présence.
Le fils l'embrasse encore ; mais, livide et glacé,
Ne tient plus qu'un cadavre déjà défiguré,
Et le tison ardent jusqu'à sa pâle flamme,
S'exhalait vers le ciel en emportant son âme.

A VICTOR HUGO.

On dit, ô grand poète, que chez toi la raison
A perdu son empire et n'est plus de saison ;
Que l'exil a troublé et tes sens et ta tête,
Que tu n'es plus Hugo, l'étoile du poète.
En croirais-je l'écho qui répète tes vers,
Et te rend à regret odieux à l'univers.
Es-tu fou de ta gloire, ou ta muse rebelle
Change-t-elle son style, en sa patrie nouvelle.
Je me perds vainement a chercher ta fureur,
Et ces cris de vengeance qui sortent de ton cœur.
Bientôt tu renieras ton ciel et ta patrie,
Et ta muse étonnée, s'écriera : O folie !
O ! maître de mon choix, dont la gloire et le nom
Émerveilla la terre ; favori d'Apollon,

Toi qui, pour ton pays, sut cueillir une palme;
Qui élevais jadis, ton génie et ton âme;
Toi disciple nommé de la langue des Dieux,
Veux-tu troubler la terre et révolter les Cieux.
Ta pensée aujourd'hui, demain n'est plus la même;
L'exil a confondu le respect de toi-même :
Jadis! mais non! que dis-je, tout récemment encor,
Hugo, je te voyais briller comme un trésor;
Ton noble front brillait, oui, Hugo, je t'assure,
Comme à l'autel des Dieux, la couronne parjure.
Mais, le Destin funeste a changé en erreur
Les chants simples et purs qui vibraient de ton cœur.
Au sort qui te bannit, sans cesse tu t'immoles,
Tu n'as plus du Français l'élan ni la parole.
Quand les chants de victoire tonnent de tous côtés,
Toi seul, sombre et pensif, démens la vérité;
Toi seul de nous Français, tu maudis sur la France,
Tu maudis tes serments; ô, quitte ta démence,
Toi, dont l'étoile encore scintille au firmament,
Dont la gloire éblouit les crépuscules du temps,
Ah! ne vas-tu pas fuir, cette étoile, ton ombre,
Et t'ouvrir lâchement abime et hécatombe.
Hugo! ô grand poète, toi qui chantas ce Dieu
De qui tient ton esprit et qui t'ouvrit les yeux,
Vas-tu le méconnaître, parmi tant de blasphème,
Et dire il n'est plus l'être en sa puissance extrême.
Dans ces trances aiguës ou ton astre pâlit,
Dans cet exil amer, d'ou jaillit ton mépris,
As-tu perdu l'azur de ta verve éotique,
Quand tes vers, par malheur, te faisaient politique.

Ton auréole terne, n'aura donc plus d'éclat,
O! dis-moi que je rêve, que tu luis là-bas!
Que le char des prêtresses éloigne son oracle,
Ne dis plus qu'au bonheur, tu veux porter obstacle;
Répète avec ivresse à ton pays vainqueur,
Les douces rêveries, l'amour frappant ton cœur!...
La France s'intitule : une nouvelle gloire;
Sébastopol conquis ornera son histoire.
Toi seul renieras-tu et patrie et amour,
Toi seul terniras-tu l'éclat d'un si beau jour.
Mais, non! j'entends ton luth dire d'accents célestes :
Ne pleure plus! ô France, Hugo reste poète...

www.ingramcontent.com/pod-product-compliance
Lightning Source LLC
Chambersburg PA
CBHW061736180626
46818CB00006B/2645